La octava novela épica de

DAV PILKEY

SCHOLASTIC INC.
New York Toronto London Auckland
Sydney Mexico City New Delhi Hong Kong

Originally published in English as
Captain Underpants and the Preposterous Plight of the Purple Potty People

Translated by Miguel Azaola

This book was originally published in hardcover by the Blue Sky Press in 2006.

ISBN 978-0-545-02583-6

Be sure to check out Dav Pilkey's Extra-Crunchy Web Site O' Fun at
www.pilkey.com.

12 11 10 9 8 7 6 5 14/0

Printed in the United States of America 40

First Scholastic Spanish printing, January 2008

A Elizabeth "Boom-Boom" Eulberg
Viva el E. E. C.

ÍNDICE

INTRODUCCIÓN: La conocidísima historia secreta del Capitán Calzoncillos 7
1. Jorge y Berto 13
2. Los mayores están locos 17
3. Sin retención no hay emoción 23
4. Un Inodoro Morado en Jauja 29
5. Perdidos en el Paraíso Perdido 35
6. El universo según Jorge 43
7. ¡Adiós a la ciudad! 48
8. La ridícula historia del Capitán Kalzonpillo 51
9. Nunca sin mi hámster (ni mi pterodáctilo) 59
10. Hipno-horror 61
11. Galletas al rescate 65
12. ¡Y katachaska! 70
13. ¡Inodoros Morados Vivientes, únanse! 74
14. Capítulo donde pasan algunas cosas 77
15. La supercena 80
16. Las aventuras de Calzonazos Junior y la Bisa Pololos 85

17. Mientras tanto, en la casa del árbol... 99
18. ¡Cras! 103
19. Ataque de hámster 107
20. Capítulo de increíble violencia gráfica, 1ª parte (en Fliporama™) 111
21. El capítulo aburrido que suele venir luego 122
22. ¡Catapum! 127
23. Dos minutos más tarde... 131
24. ¡Con nuestros nietecitos no se juega! 134
25. Capítulo de increíble violencia gráfica, 2ª parte (en Fliporama™) 141
26. ¡A encoger! 154
27. Capítulo de increíble violencia gráfica, 3ª parte (en Fliporama™) 158
28. Para rematar 162
29. En resumidas cuentas 165
30. En resumidísimas cuentas 166
31. El capítulo donde nunca pasa nada malo 167
32. Lo único que podía ser peor que pasar el resto de sus vidas en la cárcel 170

Hola a todos. Como pueden ver, hemos estado sufriendo algunos problemas técnicos.

Pero esta historieta de aquí al lado los pondrá al día sobre nuestra historia hasta este momento.

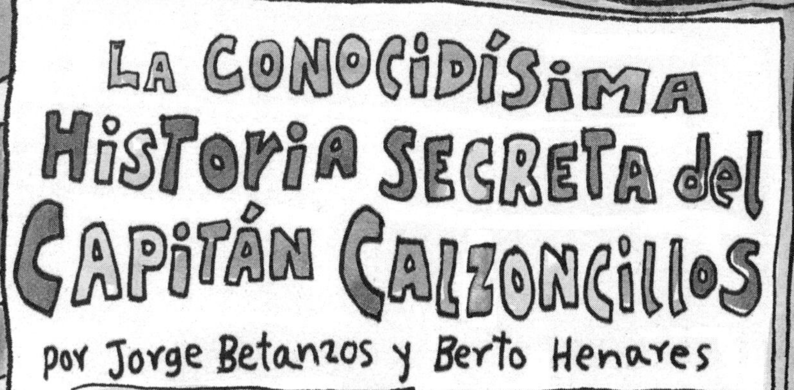
LA CONOCIDÍSIMA
HISTORIA SECRETA del
CAPITÁN CALZONCILLOS
por Jorge Betanzos y Berto Henares

Había una ~~ves~~ vez dos niños fenomenales que se llamaban Jorge y Berto.
¡Somos los mejores!
¡Yo también!

Pero tenían un director odioso llamado señor Carrasquilla, que era odioso.
¡Estoy muy furioso y tal y cual!

Así que Jorge y Berto lo hipnotizaron con el Hipno-Anillo Tridimensional.
Obedecerás todas nuestras órdenes.
Bien.

Pero axidentalmente le hicieron creer que era un Superhéroe.
Ahora eres el Capitán Calzoncillos.
Bien.
¡Mírenme, soy el Capitán Calzoncillos!
Ja Ja
Ja Ja
Pero se excapó y corrió a luchar contra el crimen.
¡Tatata-cháááán!
Rayos.
Jorge y Berto corrieron tras él.
¡Eh, oiga, vuelva aquí!
¡Ni hablar!
Hasta que un día bebió un Jugo Superpoderoso
Glu Glu
Glu
Jugo Superpoderoso
Y ahora tiene superpoderes y demás.
Mírenme. Tengo superpoderes y demás.
¡Qué horror!

¡Pero si creen que eso es malo, la cosa aun se pone peor!
¡¡¡Fíjense bien porque lo que viene es muy importante!!!

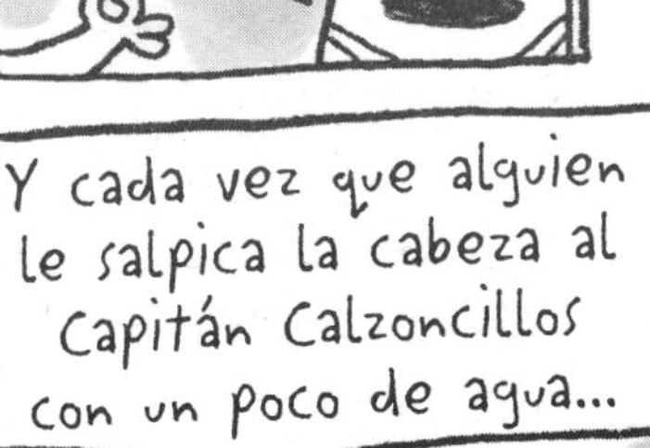
Lo peor es que cada vez que el señor Carrasquilla oye que alguien chasquea los dedos...
CHASC

¡Se convierte en el Capitán Calzoncillos!
¡Tatata-cháááán!

Y cada vez que alguien le salpica la cabeza al Capitán Calzoncillos con un poco de agua...
H2O

vuelve a convertirse en el odioso señor Carrasquilla.
Bla bla bla

En su última abentura, Jorge y Berto consiguieron dos ~~nuebas~~ nuevas mascotas...

un hámster biónico llamado "Chuli"...

Y un pterodáctilo llamado "Galletas".

Todo iba bien hasta que apareció el chalado de Gustavo.

Gustavo había construido una Máquina del Tiempo con un inodoro portátil de color morado.

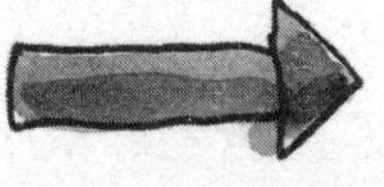

Así era.

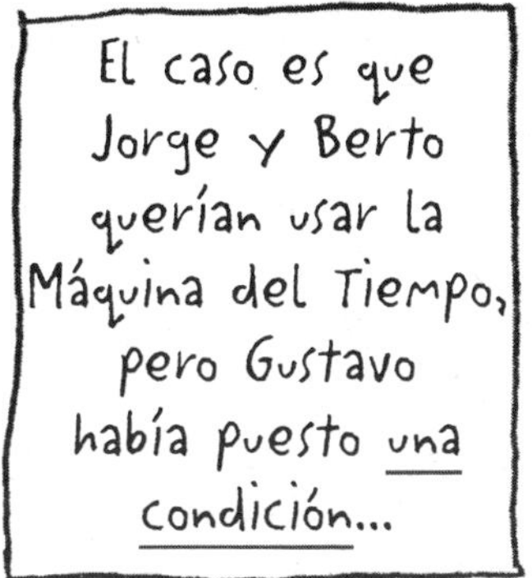
El caso es que Jorge y Berto querían usar la Máquina del Tiempo, pero Gustavo había puesto una condición...

¡No usen la Máquina del Tiempo 2 días seguidos!
Bien

Si la usan 2 días seguidos, ~~ok~~ ocurrirá algo muy malo.
¡Bien!

¡De verdad! No la usen 2 días seguidos.
BIEN

¡¡En serio!! ¡¡No la usen 2 días seguidos!!
¡BIEN!

ENTONCES...
Oye, vamos a usar este chisme 2 días seguidos.
Bien
URITRA
S.A.

Jorge, Berto, Galletas y Chuli usaron la Máquina del Tiempo 2 días seguidos... ¡Y ocurrió algo muy malo!

¿Qué ocurrirá ahora?

CAPÍTULO 1

JORGE Y BERTO

Estos son Jorge Betanzos y Berto Henares. Jorge es el esqueleto de la derecha, con corbata y pelo al cepillo. Berto es el de la izquierda, con camiseta y un corte de pelo demencial. Recuérdenlos bien.

Quizá no hayan olvidado desde nuestra última aventura que Jorge y Berto acababan de cometer el horripilante disparate de atravesar una barrera sintética de tiempo curvo sin esperar a que se refrigerase la unidad superflipomatriz C-2X906 de su dosímetro estratificador de flujo emoliente, creando con ello un impulso dimensional subparadójico alternativo que abrió una vía gastrofónica de pantalla con subefectos extrarrastafarianos y ultraplastógenos en la combustión del núcleo coloidal de bioflanmazapán.

Es decir que, expresado en términos científicos, la habían hecho buena.

Sin embargo, no se echen a temblar porque todos parezcan esqueletos. Los rayos X son un subproducto del desplazamiento interdimensional de la realidad. Y no se preocupen, que la cosa seguramente se aclarará en cuanto pasen la página...

¿Lo ven? ¿Qué les había dicho?

Jorge, Berto y sus leales mascotas empezaron de pronto a desear no haber puesto jamás un pie dentro del alucinante Inodoro Morado, que estaba lanzándolos a todos a una travesía por el terrorífico abismo de lo desconocido... Una travesía que los llevaría probablemente a su propia perdición y que traería consigo el fin casi inevitable de la civilización tal como la conocemos hoy...

Pero antes de contarles esa historia, les tengo que contar esta otra...

CAPÍTULO 2

LOS MAYORES ESTÁN LOCOS

Se ha dicho que las personas mayores se pasan los dos primeros años de la vida de sus hijos intentando hacerlos andar y hablar...

y los dieciséis años siguientes, intentando que se sienten y se callen.

Bueno, pues lo mismo sucede con lo de ir al inodoro. Casi todos los mayores se pasan los primeros años de la vida de un niño hablando con entusiasmo de pises y cacas y de la importancia que tiene que el niño aprenda a hacer sus pises y sus cacas en el inodoro, como la gente mayor.

Pero una vez que los niños dominan el arte del inodoro a la perfección, les prohíben terminantemente volver a hablar de pis, de caca, de inodoros y de cualquier cosa que tenga que ver con ellos. De repente, todo eso se considera ordinario y grosero, y deja de premiarse con elogios, galletas y jugos de frutas.

Un día eres el rey de la casa porque has hecho caca en el inodoro como un chico grande y al día siguiente estás sentado en la oficina del director porque has dicho "caca" en la clase de Historia de América (que, si les interesa mi opinión, es el sitio perfecto para decirlo).

Probablemente se estarán preguntando: "¿Y por qué harán eso los mayores? ¿Por qué aplaudirán una cosa un día y la condenarán al día siguiente?".

La única respuesta que se me ocurre es que los mayores están completamente locos y hay que evitarlos en todo momento. Quizá alguno de ustedes tenga la suerte de encontrar algunos poquísimos mayores en quienes puedan confiar, pero estoy seguro de que todos coincidirán conmigo en que hay que andarse con mucho ojo con casi todos los mayores casi todo el tiempo.

Y eso era precisamente lo que hacían Jorge y Berto.

CAPÍTULO 3

SIN RETENCIÓN NO HAY EMOCIÓN

Desgraciadamente, las personas mayores de la escuela de Jorge y Berto eran cualquier cosa MENOS de confianza.

Y si no, ahí tienen a su director, el señor Carrasquilla. Su malvado corazón saltaba de alegría ante las lágrimas de sus alumnos. Su alma bailaba pensando en frustrar la alegría de un niño o en destrozar sus sueños y esperanzas contra las duras rocas del desánimo permanente.

Todos los días, el señor Carrasquilla salía a la puerta de su oficina y entregaba con entusiasmo partes de retención a cualquier niño que tuviera la desgracia de cruzarse en su asqueroso camino (y lo hacía por las faltas más mínimas, como “sonreír”, “respirar sin permiso” u “oler raro”).

Pero, con todo lo malo que era el señor Carrasquilla, la mayoría de los profesores de la escuela de Jorge y Berto eran aun peores.

Por suerte para Jorge y Berto, sus malintencionados educadores no eran muy inteligentes y se les podía tomar el pelo con facilidad, algo que Jorge y Berto hacían a menudo.

Puede que piensen que tomar el pelo a gente tan boba no era muy "deportivo" por parte de Jorge y Berto, y a lo mejor tienen razón, pero Jorge y Berto sólo estaban tratando de pasarlo lo mejor posible a pesar de su desagradable situación.

Sin embargo, por desgracia para Jorge y Berto, su desagradable situación estaba a punto de volverse mucho peor...

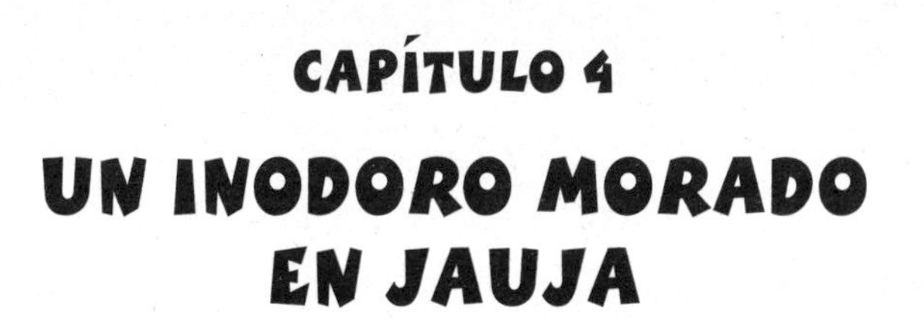

CAPÍTULO 4

UN INODORO MORADO EN JAUJA

Tras algunos tremendos minutos de intensos destellos de luz naranja, emisiones de rayos X y turbulencias eléctricas relampagueantes, el Inodoro Morado portátil dejó por fin de dar sacudidas y se detuvo de golpe. Un humo espeso salía a borbotones de sus tubos de escape, mientras sus engranajes chirriantes se quedaban en punto muerto.

Jorge y Berto no tenían la menor idea de lo que iba a ocurrir.

Se suponía que estaban en lo alto de un árbol prehistórico, 65 millones de años atrás, en el período Cretáceo de la era Mesozoica. Pero cuando salieron por la puerta de plástico del Inodoro Morado, a los dos amigos se les cayó el alma a los pies al ver que se encontraban en medio de la biblioteca de la escuela, justo donde había empezado su viaje.

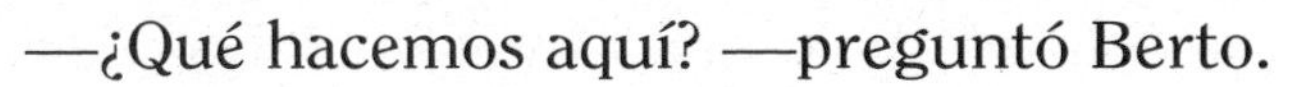

—¿Qué hacemos aquí? —preguntó Berto.

—No lo sé —dijo Jorge—. Algo ha debido de salir mal.

Berto metió cuidadosamente a Galletas en su mochila y los dos chicos contemplaron la biblioteca brillantemente iluminada.

—Vaya, hola, niños —dijo la bibliotecaria de la escuela—. Esta es la Semana de los Libros Prohibidos. ¿Quieren ampliar sus conocimientos?

—Hmmmm... no, gracias —dijo Jorge.

—Eh... —dijo Berto—, ¿a usted no la habían echado en nuestro último libro?

—No creo —respondió la bibliotecaria.

—Hmmmm —repitió Jorge—. Todo esto me hace sentirme muy raro.

—¿Cómo? ¿Que no te sientes bien? —preguntó Gustavo Lumbreras, que estaba tratando trabajosamente de entender el superventas infantil de lectura fácil *Flatoestein contra los Conejos Biónicos Vomitivos de Diarrealandia*—. ¡A lo mejor deberías ir a que te viera la enfermera de la escuela!

—¿Tenemos una enfermera en la escuela? —preguntó Jorge.

—Yo creía que sólo teníamos una caja de curitas y una sierra oxidada —dijo Berto.

—Pues claro que tenemos una enfermera en la escuela —contestó Gustavo—. Su oficina está justo al lado de nuestra cafetería de degustación cinco estrellas.

Jorge y Berto parecían confundidos.

—Muy bien, gracias —dijo Jorge—, pero no nos pasa nada.

CAPÍTULO 5

PERDIDOS EN EL PARAÍSO PERDIDO

Mientras caminaban por el pasillo de su escuela, Jorge y Berto se convencieron de que algo no andaba bien. Nada bien. Pero no podían imaginarse lo que era.

La señorita Antipárrez, la insoportable y gruñona secretaria de la escuela, pasó junto a los dos chicos y les sonrió amablemente.

—¡Vaya! ¡Hola, Jorge! ¡Hola, Berto! —exclamó—. Me alegro mucho de verlos. ¡Que pasen un excelente día!

Jorge y Berto la observaron con suspicacia.

—Pero bueno... ¿Qué ha pasado aquí? —preguntó Berto.

—No lo sé —dijo Jorge—, pero lo cierto es que algo muy raro está ocurriendo.

Jorge y Berto abrieron su taquilla y metieron con cuidado a Galletas y a Chuli en ella.

—Chsss... Están dormidos —advirtió Jorge.

—Bien —dijo Berto—. Pueden echarse una siesta mientras vamos a clase.

De camino a su salón de clases, Jorge y Berto se detuvieron para cambiar las letras del cartel que anunciaba el menú del mediodía.

Pero justo cuando iban a terminar, el señor Carrasquilla, el director nada menos, los pilló con las manos en la masa.

—¡Hola, chicos! —les dijo—. ¿Qué están haciendo aquí?

—Estee... hmmmm... —balbuceó Jorge—. Pues nosotros... estamos... esteee...

—¿Legañas duras, plastas verdes y queso de pies? —rió el señor Carrasquilla, divertidísimo—. ¡Es lo más gracioso que he visto en todo el día! ¡La verdad, chicos, es que me hacen desternillarme! ¡Son increíbles!

Y, dando un saltito, el señor Carrasquilla se alejó silbando una alegre melodía.

—Pero bueno... ¿Qué ha pasado aquí? —preguntó Berto.

—¡Chsss! —susurró Jorge—. ¡Mira!

Jorge señaló con el dedo a dos niños que venían hacia ellos leyendo una historieta de fabricación casera. El de la izquierda vestía una camiseta y tenía el pelo al cepillo. El de la derecha llevaba corbata y tenía un corte de pelo demencial. Y si no quieren recordarlo, allá ustedes.

—Son... ¡son NOSOTROS! —mascculló Jorge.

—¿Cómo van a ser nosotros? —susuró Berto—. ¡Yo creí que NOSOTROS éramos nosotros!

Jorge y Berto se escondieron detrás de un cubo de basura mientras sus dos dobles se dirigían hacia ellos. Se detuvieron delante del cartel del menú y fruncieron el ceño. Luego se dibujó en sus caras un gesto diabólico y empezaron a cambiar las letras.

Ambos sonrieron con un rictus malévolo mientras se alejaban sigilosamente de la escena de su travesura.

—Pero bueno... ¿Qué ha pasado aquí? —preguntó Berto.

—Creo que ya me lo imagino —dijo Jorge.

CAPÍTULO 6

EL UNIVERSO SEGÚN JORGE

—Creo que el Inodoro Morado nos ha trasladado a una especie de universo extraño que funciona al revés —dijo Jorge.

—Nada de eso —dijo Berto—. ¡Este tipo de cosas sólo pasa en los cuentos infantiles mal escritos cuando está claro que el autor ha empezado a quedarse sin ideas!

—Muy bien, te lo demostraré —dijo Jorge.

Los dos amigos se dirigieron a la cafetería y echaron un vistazo.

—Qué raro —dijo Berto—. Aquí ya no huele a pañales sucios, ni a agua de fregar grasienta, ni a zapatillas deportivas mohosas. Huele más bien a... ¡a comida!

—Pues sí —dijo Jorge.

Después, los dos chicos fueron al gimnasio.

—Qué raro —dijo Berto—. Nuestro profesor de gimnasia ya no está gordo. Y no está siendo espantosamente cruel con los niños poco atléticos, como tiene por costumbre.

—Pues sí —dijo Jorge.

Por último, Jorge y Berto salieron de la escuela.

—Qué raro —dijo Berto—. Todos nuestros peores y más encarnizados enemigos del pasado se han transformado milagrosamente en buena gente.

—Pues sí —dijo Jorge.

BOMBEROS
DESPACIO
CORREOS
POLICÍA

CAPÍTULO 7
¡ADIÓS A LA CIUDAD!

Jorge y Berto volvieron corriendo a su taquilla.

—Vamos a recoger a Galletas y a Chuli y a largarnos de este sitio demencial —dijo Jorge.

—Buena idea —dijo Berto.

Pero cuando abrieron la taquilla, sus dos amigos habían desaparecido.

—¿Dónde diablos están Chuli y Galletas? —gritó Jorge.

—Ni idea... —dijo Berto—. No hay nadie que conozca la combinación de nuestra taquilla. Nadie excepto...

—¡Nuestros dobles! —dijo sin aliento Jorge.

Berto trató de cerrar la taquilla, pero la puerta tropezó con algo.

—¿Qué es eso? —preguntó Jorge.

—Parece una historieta —contestó Berto.

La tomó y leyó en voz alta el texto de la portada. Y en ese momento, Jorge y Berto empezaron a hacerse una aterradora idea del horror al que se enfrentaban.

CAPÍTULO 8
LA RIDÍCULA HISTORIA DEL CAPITÁN KALZONPILLO
BANCO
GUIÓN DE: Berto Henares
DIBUJOS DE: Jorge Betanzos

LA RIDÍCULA HISTORIA DEL CAPITÁN KALZONPILLO

Por Berto Henares y Jorge Betanzos

Había una vez dos niños malísimos que se llamaban Jorge y Berto.

Tenían un director muy bueno llamado señor Carrasquilla.

Hola, chicos. ¡Muy buenos días!

Bobadas.

Un día, Jorge y Berto hipnotizaron al señor Carrasquilla.

Le hicieron creer que era muy malo.

Jorge y Berto mandaron hacer toda clase de maldades al Capitán Kalzonpillo...
Roba una consola de video para nosotros.
Bien.

Y el Capitán Kalzonpillo obedecía.
JUGUETES
GAME STATION 2000
¡CRAS!

Roba una tele con superpantalla para nosotros.
Bien.
GAME STATION 2000

AUDIO VIDEO
¡CRAS!

¡Voy a llorar de felicidad!
¡Y yo!
¡Oh, no!
GAME

TIENDA
PAÑUELOS
¡CRAS!

Muy pronto, Jorge y Berto tuvieron la mejor casa del mundo en un árbol.
SAUNA
TIBURÓN MASCOTA
COBRA MASCOTA
JACUZZI 2000
DULCES
BEBIDAS
PIRAÑAS MASCOTA
PULSAR
JUGUETES
DVD
SILLÓN DE MASAJES
Chicos, ¿necesitan algo más?
Pues sí. ¿Qué tal una pizza?
Hecho, mis amos.

¡Ha robado usted teles, jacuzzis, máquinas de palomitas, sillones de masaje y bolas de discoteca, pero esto ya es el colmo!

Y empezó la persecución.

PIZZA

La extraña mezcolanza de chocolate, manteca de cacahuate y doble mozzarela produjo una reacción química superpoderosa...

FFFFSSSS FFFFSSSS

DESPUÉS...
¡Aquí está la pizza, chicos!
¡Oye! ¿Y la piña tropical?
PIZZA

FRUTA
¡CRAS!

¡Oye! Imagínate la de maldades que podríamos hacer ahora...
PIZZA

¡¡¡Con el Capitán Kalzonpillo como nuestro esclavo super-poderoso, podremos hacer de todo impunemente!!!
¡Muy pronto, el mundo entero será nuestro! ¡JUA, JUA, JUA! ¡JUA, JUA, JUA!

EPÍLOGO

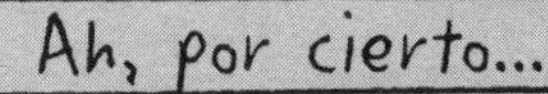

Cada vez que el Capitán Kalzonpillo oye que alguien chasquea los dedos...

Se convierte otra vez en el Sr. Carrasquilla.

Y cada vez que al Sr. Carrasquilla le cae agua en la cabeza...

Vuelve a convertirse en el Capitán Kalzonpillo.

¡RECUÉRDENLO BIEN!

CAPÍTULO 9

NUNCA SIN MI HÁMSTER (NI MI PTERODÁCTILO)

—Creo que ese cuento lo han hecho esos infames gemelos nuestros —dijo Berto.

—Tienen que haber sido ellos —aseguró Jorge—. Los dibujos son malos y seguro que han cometido alguna falta de ortografía.

—Salgamos de aquí —dijo Berto.

—¡Sin Galletas y sin Chuli, nunca! —exclamó Jorge.

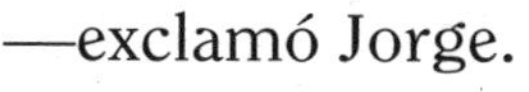

Jorge y Berto corrieron a una ventana y vieron a sus dos malvados gemelos volviendo furtivamente a casa y llevándose consigo a sus queridas mascotas.

—Chuli y Galletas no tienen la menor idea de lo que está ocurriendo —dijo Jorge—. ¡Creen que esos dos tipos somos NOSOTROS!

—Pero ¿cómo demonios vamos a detenernos a NOSOTROS MISMOS? —preguntó Berto.

CAPÍTULO 10

HIPNO-HORROR

Jorge y Berto sabían exactamente adónde habían llevado sus dos pérfidos gemelos a Galletas y a Chuli: al mismísimo sitio donde los habrían llevado ellos mismos.

De modo que nuestros dos héroes corrieron tan velozmente como pudieron y treparon a la casa del árbol tan silenciosos como pudieron.

Pero cuando echaron un vistazo dentro, vieron algo trescientas ochenta y nueve veces peor que lo que hubieran imaginado. ¡Sus infames gemelos estaban hipnotizando a sus adoradas mascotas con un Hipno-Anillo Tridimensional!

—Obedecerán nuestras órdenes —dijo Berto el Malo.

—Eso es —dijo Jorge el Malo—. ¡Y desde ahora serán realmente malos!

Jorge y Berto dieron un gemido, lo que no es lo más adecuado si uno quiere pasar desapercibido.

—¡Oye, MIRA! —gritó Berto el Malo—. ¡GIMIENTES!

—¡ATRÁPENLOS! —ordenó Jorge el Malo a las mascotas recién hipnotizadas.

Galletas no se movió. El aturdido pterodáctilo meneó la cabeza con gesto confundido. Pero Chuli se puso en acción en el acto. Se lanzó sobre Jorge y Berto, los agarró por la camiseta y los arrojó al suelo.

—¡Oye! Esos chicos son igualitos a nosotros. ¿Qué hacemos con ellos? —preguntó Jorge el Malo.

—No podemos correr ningún riesgo —dijo Berto el Malo.

Y llamó inmediatamente a Chuli con una autoritaria voz de mando:

—¡HÁMSTER PERVERSO, DESTRÚYELOS!

CAPÍTULO 11
GALLETAS AL RESCATE

Galletas no entendía lo que estaba pasando, pero el valiente pterodáctilo sabía que era preciso hacer algo... y rápido. Así que, con un repentino y poderoso batir de alas, Galletas descendió en picada y arrebató a Jorge y Berto de las minúsculas pero implacables garras de su iracundo enemigo, el roedor robótico.

—¡OH, NO! —gritó Berto—. ¡Galletas nos lleva lo más alto posible para dejarnos caer! ¡Estamos PERDIDOS!

—Me parece que en realidad está intentando salvarnos —dijo Jorge.

—Pero lo *han* hipnotizado, igual que a Chuli —dijo Berto—. ¿Por qué demonios iba a hacer lo contrario de lo que le *han* ordenado?

—¿Y por qué demonios han puesto *han* en ese tipo de letra? —preguntó Jorge.

—Será mejor no preocuparse ahora por eso —dijo Berto—. ¡Lo primero es salir de esta!

—¡Pero no podemos abandonar a Chuli! —gritó Jorge.

—No te preocupes por Chuli —dijo Berto—. ¡Ya volveremos por él más adelante!

De modo que los tres amigos volaron hasta la escuela y subieron corriendo hacia la biblioteca.

—¡Oye! ¡Eso parece un pterodáctilo! —dijo el señor Carrasquilla cuando nuestros héroes pasaron a su lado—. ¡Déjenme acariciarlo! ¡Déjenme acariciarlo! —gritó el señor Carrasquilla, corriendo tras ellos.

Jorge, Berto y Galletas llegaron por fin a la biblioteca, justo en el momento en que sus malévolos gemelos y Chuli atravesaban el techo con imponente estrépito.

—¡No escaparán ESTA VEZ! —dijo Berto el Malo.

Jorge, Berto y Galletas, desesperados, entraron a empellones en el Inodoro Morado, lo cerraron de un portazo y reajustaron los controles a toda prisa.

El señor Carrasquilla y Chuli aporrearon la puerta del Inodoro Morado, mientras los pérfidos gemelos de Jorge y Berto zarandeaban de un lado a otro la averiada máquina del tiempo.

De golpe y porrazo, una luz naranja empezó a destellar de forma enloquecida. El Inodoro Morado comenzó a estremecerse violentamente. Después, la habitación entera se iluminó con una relampagueante explosión y el Inodoro Morado (y todos los que lo rodeaban) desaparecieron en un torbellino de aire electrizado.

CAPÍTULO 12

¡Y KATACHASKA!

De pronto se produjo otro destello de luz cegadora. Todos los que rodeaban el Inodoro Morado salieron despedidos en distintas direcciones. Enseguida, el Inodoro Morado dejó de estremecerse y tambalearse y se quedó en punto muerto.

Jorge, Berto y Galletas miraron a su alrededor.

—Fíjense —señaló Berto—. En esta biblioteca no hay ningún libro. Debemos de haber vuelto a nuestra propia realidad.

—Debemos asegurarnos —dijo Jorge.

Los dos chicos arrebujaron a Galletas dentro de la mochila de Berto y se adentraron sigilosamente en el pasillo. Se asomaron a las ventanas de los salones y comprobaron que todos se hallaban ocupados por niños de aspecto acongojado y abatido.

Algunos estaban llorando en un rincón... otros estaban sentados en sillas, castigados por burros, con unos cucuruchos humillantes en la cabeza... al tiempo que otros escribían una y otra vez en el pizarrón frases increíblemente degradantes, mientras sus profesores daban

cuenta del contenido de su comida, robándoles los mejores postres.

—Pues sí —suspiró Jorge—. Hemos vuelto a nuestra propia realidad.

—Nunca pensé que lo diría, pero me alegro de volver a casa —dijo Berto.

—¡A la casa del árbol! —gritó Jorge.

CAPÍTULO 13

¡INODOROS MORADOS VIVIENTES, ÚNANSE!

Segundos después de que Jorge, Berto y Galletas dejaran la biblioteca, cuatro seres de una dimensión alternativa empezaron a salir de su aturdimiento. Jorge el Malo, Berto el Malo, Chuli el Malo y el señor Carrasquilla Bueno se juntaron en el centro de la biblioteca, tambaleantes, frotándose la cabeza y mirando intrigados a su alrededor.

—Miren —dijo Jorge el Malo—. Esta biblioteca no tiene libros en los estantes.

—Hmmmm —dijo Berto el Malo—. Parece como si hubiéramos entrado en una especie de universo alternativo. Una realidad ilógica donde todo ocurre al revés.

—¿Al revés, eh? —dijo Jorge el Malo—. ¡Pues NOSOTROS podemos pasarlo genial en un sitio así!

Y se dirigió a la fuente de agua potable y lanzó un chorro de agua sobre la cara del señor Carrasquilla.

De repente, la sonrisa de confusión del señor Carrasquilla Bueno se convirtió en un rictus malévolo. Se arrancó la ropa y se anudó al cuello la cortina de una ventana próxima. Después, Jorge el Malo le entregó un ridículo peluquín... y el odioso director se alzó frente a ellos, resoplando ferozmente por los grandes agujeros de su nariz.

—¡SOY EL CAPITÁN KALZONPILLO! —gritó con voz de trueno.

CAPÍTULO 14

CAPÍTULO DONDE PASAN ALGUNAS COSAS

Mientras tanto, de nuevo en la casa del árbol, Jorge y Berto se hacían con algunas provisiones antes de salir a rescatar a Chuli.

—Necesitamos nuestro Hipno-Anillo Tridimensional para hacer que Chuli vuelva a ser el de antes —explicó Jorge.

—¡Estupendo! —exclamó Berto—. Y será mejor que nos llevemos el resto del Jugo Superpoderoso, por si acaso.

—Buena idea —dijo Jorge.

Los dos amigos metieron como pudieron su pterodáctilo mascota y las provisiones en sus mochilas y empezaron a bajar por la escalera de la casa del árbol.

—¿Se puede saber adónde rayos creen que van? —preguntó una voz autoritaria al pie de la escalera.

Era el padre de Jorge, y no parecía demasiado contento.

—Pues... —contestó Jorge—. Es que... es que tenemos que volver a la escuela.

—Bien, pues tendrá que esperar hasta mañana —indicó el padre de Jorge—. Los Henares cenan esta noche con nosotros.

—¡Ah, sí! —dijo Jorge—. Hoy es el Día de los Abuelos.

—¡Pero es que el destino del mundo entero está en nuestras manos! —gritó Berto.

—Pues el destino del mundo entero tendrá que esperar hasta mañana —dijo el padre de Jorge.

CAPÍTULO 15
LA SUPERCENA

Después de lavarse las manos, los dos chicos entraron en el comedor. Los padres de Jorge habían preparado una cena muy abundante y todos estaban esperando pacientemente a que Jorge y Berto llegaran. Estaban la mamá, la hermana y el abuelo de Berto, y también la mamá, el papá y la bisabuela de Jorge.

—Hola, chicos —dijo la bisabuela de Jorge—. ¿Qué han estado tramando hoy?

—Nada —dijo Jorge, mientras abrazaba a su bisabuela.

—Ayer les hicimos una historieta a ti y al abuelo —dijo Berto.

—¿Ah, sí? —dijo el abuelo de Berto—. ¡Bueno, pues habrá que echarle un vistazo!

Jorge revolvió en su mochila, sacando cosas y poniéndolas sobre la mesa.

—La tengo aquí, seguro —dijo, y por fin sacó dos ejemplares de su última historieta: Las aventuras de Calzonazos Junior y la Bisa Pololos.

—Trata de cómo ustedes dos se convierten en superhéroes y salvan al mundo y todo eso.

—Yo hice los dibujos —explicó Berto.

—Muy bien, chicos, muy lindo —dijo el padre de Jorge—. Ahora, siéntense a comer.

—¡No podemos! —dijo Jorge—. ¡Tenemos que irnos ya! ¡Es muy, muy importante!

Los abuelos de Jorge y Berto se sirvieron un vaso de jugo cada uno y empezaron a leer la historieta, mientras los chicos seguían discutiendo con el padre de Jorge.

CAPÍTULO 16

LAS AVENTURAS DE CALZONAZOS JUNIOR Y LA BISA POLOLOS

NOVELA ÉPICA
DE
JORGE BETANZOS Y
BERTO HENARES

LAS AVENTURAS DE CALZONAZOS JUNIO Y LA BISA POLOLOS

Por Jorge Betanzos y Berto Henares

Todo el mundo sabe que los abuelos son algo pesados...

Le llaman a uno cosas embarazosas en público...

¡Hola, nenes!

¡Ja, ja!

Y no son conzientes de lo que cuestan las cosas.

Toma 5 centavos para que te compres un videojuego.

Gracias, eso haré.

5¢

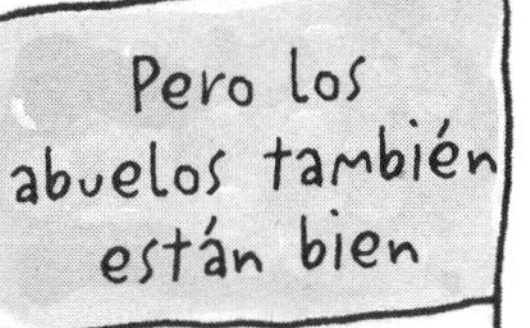

POR UNA RAZÓN.

ASÍ PUES...

Todo iba bien, hasta que ~~una noche~~ un día...

Abrieron una extraña tienda en el centro de la ciudad.

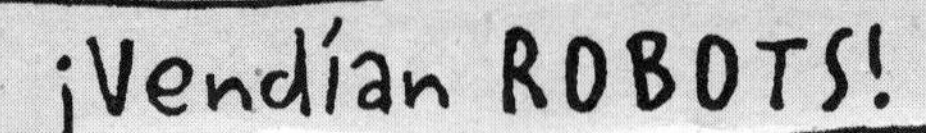

¡Digan, chicos! ¡¡¡Cambien a sus abuelos viejos y gastados por el último grito en tecnología vejestorio-robótica!!!

Lo llaman a uno como debe ser...

¡Hola, so bestia!

¿Qué tal, monstruo?

Y lo mejor es que no tienen ni idea de lo que cuestan las cosas.

Toma diez mil dólares para unos caramelos.

Pronto sólo quedó en la siudad una pareja de abuelos DE VERDAD.

CONQUE...

Un día, los abuelos de Jorge y Berto fueron al centro de la ciudad.
Aquí está pasando algo raro.
Hmm
VIEJI-ROBOTS S.A.

Así que se colaron en el edificio...
Shhh.
NO PASAR

DE PRONTO...
¡Oye, mira!
SALA de Esclavos

Abrieron la puerta y se encontraron con un trágico descubrimiento.
¡Oye! ¡Han convertido en esclavos a todos los ~~avue~~ abuelos de la ciudad!
Qué cosa.

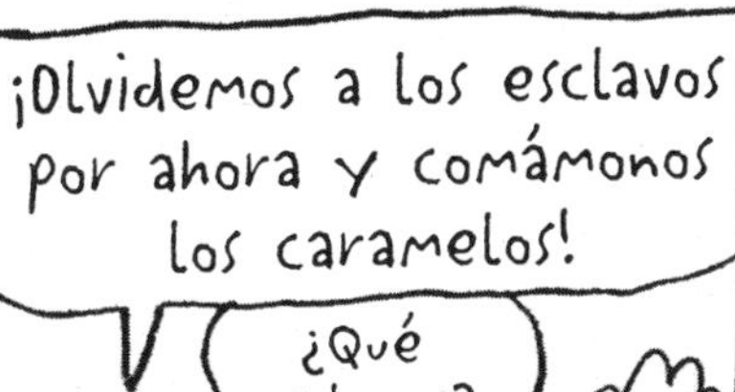

¡Fácil! ¡Les daré una caja de los caramelos superpoderosos del cuarto de al lado!

A los viejos les gustan los caramelos.

Ya lo sé.

MÁS TARDE...
Mmm. Esos caramelos estaban geniales. ¡Qué fuerte me siento!
Y yo. ¡Me siento poderosa!
¡¡¡Oh no!!! ¡Esos se han comido todos mis caramelos superpoderosos!
Vaya.
CARAMELOS
Los abuelos de Jorge y Berto se dieron las manos...
¡¡Viejipoderes, activarse!!
Y se pusieron a girar y a girar...
¡De pronto, se transformaron!
¡Soy CALZONAZOS JUNIOR!
¡Y yo la BISA POLOLOS!
¡Me largo de aquí!
¡Y yo contigo!

Entraron en un OVNI que tenían en el tejado.

¡Llamando a todos los vieji-robots! ¡Ataquen a Calzonazos Junior y a la Bisa Pololos!

Los vieji-robots atacaron. Pero Calzonazos Junior y la Bisa Pololos eran...

más rápidos que una moto eléctrica...
ZUMM

más resistentes que unos pañales de viejo...
CLOC
Pañales
Mójelos y olvídese

¡¡¡Y ~~kapa~~ capaces de saltar sobre edificios altísimos sin romperse ninguna cadera!!!

PERO...

Todos los robots se lanzaron tras la Bisa Pololos...

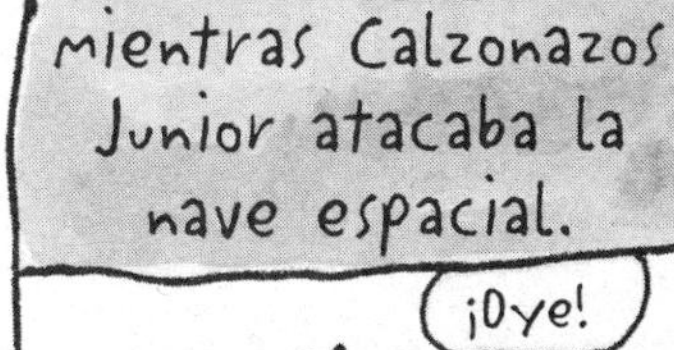

TACA

Después fue por un aerosol...

Oye
SSSSS

SSSSSSS

Y añadió los últimos toques.
cara-melo

¡Digan, plastarrobots!

cara-melo
¡Miren!
¿Cómo?
¡Oye!
¡Rico!

Los vieji-robots intentaron devorar la nave espacial en un arreva arrebato de glotonería.
Comieron y comieron y comieron...
ÑAM ÑAM ÑAM
Hasta que uno mordió el tanque de combustible.
Y
¡CATAPUM!

¡Al fin libres!
¡Viva Calzonazos Junior!
¡3 hurras por la Bisa Pololos!
VIEJI ROBOTS S.A.
FIN
cuentos Casaenrama, S.A.

CAPÍTULO 17

MIENTRAS TANTO, EN LA CASA DEL ÁRBOL...

En el mismo momento en que Jorge y Berto imploraban al padre de Jorge que los dejara ausentarse de la cena, una pandilla de maleantes desalmados había llegado justo al otro lado de la ventana y se estaba colando en la casa del árbol.

—Tenemos que inventar alguna maniobra de distracción mientras ejecutamos nuestro maléfico plan —dijo Berto el Malo.

Los muy pérfidos buscaron en la casa del árbol algo que les sirviera.

—¿Qué es esta cosa? —dijo Jorge el Malo.

Y apretó un botón del Gansoestirotrón 4000 miniaturizado. De golpe, brotó del minúsculo aparato un rayo de energía que, casualmente, fue a dar de lleno en Chuli el Malo, que asomaba por un bolsillo de Berto el Malo.

Al instante, Chuli el Malo empezó a crecer y a crecer hasta que saltó fuera del bolsillo de Berto el Malo y cayó al suelo con un sonoro *¡CHOF!* Chuli el Malo era ya del tamaño de un perro mastín adulto. Los otros desalmados se miraron sonrientes mientras escuchaban los feroces gruñidos y bramidos de Chuli el Malo.

—Creo que ya tenemos nuestra maniobra de distracción —dijo Jorge el Malo, mientras le lanzaba otro rayo a Chuli el Malo.

CAPÍTULO 18

¡CRAS!

De golpe y porrazo, Chuli el Malo alcanzó el tamaño de un monstruo gigantesco. Saltó fuera de la casa del árbol y aterrizó en el patio trasero de la casa de Jorge con un estruendo ensordecedor.

—¿Qué ha sido eso? —gritó el padre de Jorge.

Todos dieron un salto y corrieron fuera para ver a la espantosa criatura que se alzaba frente a la casa, lanzando unos bramidos y unos rugidos horripilantes. Por alguna extraña razón, los abuelos de Jorge y Berto fueron quienes más rápidamente saltaron y corrieron...

No se habían movido tan deprisa desde

hacía años, pero nadie se fijó por culpa del hámster gigante.

—¿Qué está pasando? —gritó Berto.

—De alguna forma, esos tipos infames han debido de seguirnos hasta nuestra realidad —susurró Jorge—. ¡Tenemos que detenerlos antes de que se apoderen de NUESTRO MUNDO!

Chuli avanzó por el barrio hacia el centro de la ciudad, aplastando y destruyéndolo todo a su paso... porque así es como avanzan normalmente los monstruos. Jorge corrió a su casa y agarró el Hipno-Anillo Tridimensional y el Jugo Superpoderoso (que, extrañamente, estaba casi vacío) y silbó para llamar a Galletas. Así fue como, mientras los mayores discutían y se preocupaban de frivolidades como vallas rotas, pólizas de seguros o informes de daños a la propiedad privada, Jorge, Berto y Galletas salieron volando, dispuestos a salvar al mundo.

CAPÍTULO 19

ATAQUE DE HÁMSTER

Muy pronto, los tres amigos sobrevolaban el centro de la ciudad. Y allí se encontraron con Chuli, su querida mascota, convertido en un perverso monstruo gigantesco que lo destruía todo a su paso.

—Bueno —dijo Berto–, vamos a tener que beber los dos de ese Jugo Superpoderoso si queremos evitar que Chuli el Malo acabe con la ciudad.

—Pero, Berto... —dijo Jorge, echando una mirada al Jugo Superpoderoso.

—¡Estoy tan mentalizado! —exclamó Berto—. ¡Siempre he querido tener superpoderes!

—Pero, Berto... —repitió Jorge, levantando el envase y sacudiéndolo a la altura de su oreja.

—¡Ojalá tenga llaves de kung-fu... y visión de rayos X! —dijo Berto—. ¡Sería increíble!

—¡¡¡Pero... BERTO!!! —aulló Jorge poniendo boca abajo el envase de Jugo Superpoderoso—. No queda nada.

—¿Qué quieres decir? —gritó Berto—. ¡Había casi un tercio en el envase hace veinte minutos!

—Bueno, pues ya no lo hay. Ha debido de evaporarse o algo así.

Los chicos miraron cómo Chuli el Malo devastaba la ciudad.

—Bien —dijo Jorge—. Sospecho que sólo hay una cosa que podemos hacer.

Los tres amigos volaron a toda prisa a casa de su director, el señor Carrasquilla. Era fácil de encontrar, porque era la única en el bulevar de los Currutacos que estaba cubierta de papel higiénico.

—La próxima vez deberíamos usar papel higiénico de una sola capa —dijo Jorge—. Conseguiríamos mejor cobertura.

Tras una rápida llamada a la puerta y un chasquido de dedos aun más rápido, el señor Carrasquilla se transformó en el Capitán Calzoncillos. Y, en menos tiempo aún, el superhéroe más grandioso y más calvo del mundo y el mayor y más pérfido hámster del planeta estaban frente a frente.

CAPÍTULO 20

CAPÍTULO DE INCREÍBLE VIOLENCIA GRÁFICA, 1ª PARTE (EN FLIPORAMA™)

Presentamos el
FLIPO
En los viejos tiempos, la increíble violencia gráfica se consideraba dañina, peligrosa y hasta inmoral.
Pero ahora es una diversión para toda la familia, ¡gracias a la tecnología del Fliporama!

PASO 1

Colocar la mano *izquierda* dentro de las líneas de puntos donde dice “AQUÍ MANO IZQUIERDA”. Sujetar el libro *abierto del todo*.

PASO 2

Sujetar la página de la *derecha* entre el pulgar y el índice derechos (dentro de las líneas que dicen “AQUÍ PULGAR DERECHO”).

PASO 3

Ahora agitar *rápidamente* la página de la derecha de un lado a otro hasta que parezca que la imagen está *animada*.

(¡Diversión asegurada con la incorporación de efectos sonoros personalizados!)

FLIPORAMA 1

(páginas 115 y 117)

Acuérdense de agitar *sólo* la página 115.
Mientras lo hacen, asegúrense de que
pueden ver la ilustración de la página 115
y la de la página 117.
Si lo hacen deprisa, las dos imágenes
empezarán a parecer *una sola*
imagen *animada*.

¡No se olviden de añadir sus propios
efectos sonoros especiales!

AQUÍ MANO IZQUIERDA

ATAQUE DE HÁMSTER

AQUÍ
PULGAR
DERECHO

ATAQUE DE HÁMSTER

FLIPORAMA 2

(páginas 119 y 121)

Acuérdense de agitar *sólo* la página 119.
Mientras lo hacen, asegúrense de que
pueden ver la ilustración de la página 119
y la de la página 121.
Si lo hacen deprisa, las dos imágenes
empezarán a parecer *una sola*
imagen *animada*.

¡No se olviden de añadir sus propios
efectos sonoros especiales!

AQUÍ MANO IZQUIERDA

UN GOLPE DURO EN EL COCO

AQUÍ PULGAR DERECHO

AQUÍ
ÍNDICE
DERECHO

UN GOLPE DURO EN EL COCO

CAPÍTULO 21

EL CAPÍTULO ABURRIDO QUE SUELE VENIR LUEGO

La batalla entre el hombre y la bestia había terminado. Jorge y Berto acariciaron la gigantesca cara de Chuli y dieron un suspiro de alivio.

—Pronto estará O.K. —dijo Jorge—. Sólo está KO.

—¡Estupendo! —dijo Berto—. ¡Parece que se han acabado todos nuestros problemas!

—¡NO TAN DEPRISA! —dijo una voz que parecía venir de la esquina inferior de la página siguiente.

Era Jorge el Malo, que estaba allí con Berto el Malo y el Supermalvado Capitán Kalzonpillo.

El repugnante trío había estado dedicándose a poner en práctica sus inicuos planes (que es una forma cursi de decir que habían estado robando un banco).

—Alguien se ha metido con nuestro hámster gigante —dijo Berto el Malo—. ¡Creo que tendremos que darles una lección a esos chicos tan buenecitos!

—¡Yo soy el tipo indicado! —dijo con orgullo el Capitán Kalzonpillo.

Inmediatamente cambiaron los ánimos. Todos se apartaron. El aire se puso a crujir de pura tensión. El encuentro del siglo estaba a punto de empezar. El Capitán Calzoncillos iba a enzarzarse de un momento a otro en una batalla histórica con su infame gemelo. Nuestro valeroso héroe no se había enfrentado nunca a un enemigo tan poderoso. Pelo a pelo, superpoder a superpoder, el Capitán Calzoncillos iba a medirse con su igual. Había encontrado la horma de su zapato. Aquello iba a ser la lucha definitiva... la guerra total... la reina de todas las palizas... la confrontación final entre el Bien y el Mal... el choque decisivo y crítico de...

¡CHASC!

Jorge chasqueó los dedos y, de pronto, el horrorosamente siniestro Capitán Kalzonpillo se transformó en un simpático director de escuela primaria.

—¡Noooooo, qué horrooor! —gritaron Jorge el Malo y Berto el Malo.

—Leímos el capítulo 8 de su historieta —dijo Berto—. ¿Acaso creían que no íbamos a acordarnos de cómo convertir a ese supermalvado suyo en un director de escuela inofensivo?

Jorge y Berto encontraron enseguida una cuerda y amarraron bien fuerte a Jorge el Malo, a Berto el Malo y al señor Carrasquilla Bueno.

—¡Los vamos a devolver a su propia realidad y nunca jamás volverán a molestarnos! —gritó Jorge.

—¡Lo único que nos queda por hacer es deshipnotizar y encoger a Chuli, y se acabó nuestra misión! —dijo Berto—. ¡Ya no es posible que nada salga mal!

—No deberías decir esas cosas, ¿sabes? —le advirtió Jorge.

—¿Por qué? —preguntó Berto.

CAPÍTULO 22
¡CATAPUM!

De repente centelleó un rayo, retumbó un trueno y rompió a llover a cataratas.

—¡Por esto! —dijo Jorge.

En cuanto las primeras gotas de lluvia mojaron su gordinflona cara, el Capitán Calzoncillos empezó a transformarse. En sólo unos segundos, pasó de ser un superhéroe poderoso y seguro de sí mismo a convertirse en un director de escuela primaria irritado y cascarrabias.

Por el contrario, la mojadura facial estaba produciendo el efecto inverso en el señor Carrasquilla Bueno, transformándolo de nuevo en el brutal y supermalvado matón conocido como Capitán Kalzonpillo.

Jorge el Malo y Berto el Malo mostraron sus sonrisas más aviesas cuando el Capitán Kalzonpillo rompió sus ataduras y aulló:

—¡Cha-chatááááán!

Jorge y Berto volvieron a chasquear los dedos a toda prisa una y otra vez, pero no tuvieron ningún efecto. Llovía demasiado y el señor Carrasquilla estaba cada vez más irritado.

—¡Este es el sueño más estúpido que he tenido en mi vida! —rezongó—. Me voy a mi casa, a meterme otra vez en la cama.

Y con las mismas se dio la vuelta y salió furibundo hacia su casa.

—Por lo visto ha dado la vuelta la tortilla —sonrió con picardía Berto el Malo.

—Todavía no han ganado —dijo Jorge.

Y rápidamente, Jorge y Berto saltaron sobre el lomo de Galletas y los tres acorralados amigos salieron volando hacia su casa del árbol.

—¡No se queden ahí! —les gritó Berto el Malo a sus siniestros compinches—. ¡ATRÁPENLOS!

CAPÍTULO 23
DOS MINUTOS MÁS TARDE...

De vuelta en el patio de Jorge, nuestros héroes rebuscaron con ahínco por todos los rincones de la casa del árbol.

—¡Lo encontré! —exclamó Jorge—. ¡El Cerdoencogetrón 2000! ¡Lo único que tenemos que hacer es encoger a esos engendros impresentables y así salvaremos al mundo!

—¡Demasiado tarde! —bramó el Capitán Kalzonpillo mientras agarraba a Jorge y a Berto por el cuello de la camisa.

—Nos quedaremos con ese aparato encogecosas —dijo Berto el Malo al escurrirse el aparato de los brazos de Jorge—. ¡No estoy seguro de cómo funciona, pero en cuanto lo sepa se me ocurrirán por lo menos un millón y pico de cosas que hacer con él!

El Capitán Kalzonpillo levantó en vilo a Jorge y a Berto mientras bramaba iracundo:

—¡Prepárense para ser PULVERIZADOS!

—¡Estamos PERDIDOS! —gritó Berto.

—¡UN MOMENTO, JOVENZUELO! —tronó una voz familiar desde el interior de la casa de Jorge...

CAPÍTULO 24

¡CON NUESTROS NIETECITOS NO SE JUEGA!

El abuelo de Berto y la bisabuela de Jorge salieron al patio trasero y se enfrentaron al supermalvado conocido como Capitán Kalzonpillo.

—Suelta ahora mismo a esos chicos o te vas a llevar la mayor paliza de tu vida —dijo la bisabuela de Jorge.

El Capitán Kalzonpillo soltó una arrogante risotada.

—No te lo vamos a decir dos veces —dijo el abuelo de Berto.

El Capitán Kalzonpillo sujetó a sus presas con más fuerza todavía.

Así que los dos octogenarios se agarraron de las manos, se miraron mutuamente a los ojos con determinación y gritaron:

—¡Viejipoderes, ACTIVARSE!

Enseguida los dos ancianos empezaron a girar sobre sí mismos una y otra vez, formando tal torbellino que a su alrededor se produjo un tornado que les arrancó la ropa y las joyas y lanzó violentamente por los aires el mobiliario del patio.

De pronto, el torbellino se detuvo, el tornado se calmó y la pareja de viejos reapareció con orgullo, en ropa interior, jadeando, resollando y enfrentándose resueltamente a su enemigo.

—¡Ooooh, qué divertido! ¡Hagámoslo otra vez, Enrique! —dijo la bisabuela de Jorge.

—Je, je —rió el abuelo de Berto—. De acuerdo, querida, pero antes tenemos que darle una lección a este gordinflón.

—Claro que sí —dijo la bisabuela de Jorge—. ¡Este jovenzuelo está pidiendo a gritos unos buenos azotes!

El abuelo de Berto agarró un par de cortinas de la ventana de la cocina y las anudó al cuello de ambos.

—No aprietes mucho, Enrique —dijo la bisabuela de Jorge.

Y con las capas puestas, los superabuelos de Jorge y Berto se acercaron triunfantes al Capitán Kalzonpillo.

—Muy bien —dijo el abuelo de Berto—. ¿Estás listo para que Calzonazos Junior y la Bisa Pololos te den una buena paliza?

CAPÍTULO 25

CAPÍTULO DE INCREÍBLE VIOLENCIA GRÁFICA, 2A PARTE (EN FLIPORAMA™)

FLIPORAMA 3

(páginas 143 y 145)

Acuérdense de agitar *sólo* la página 143.
Mientras lo hacen, asegúrense de que
pueden ver la ilustración de la página 143
y la de la página 145.
Si lo hacen deprisa, las dos imágenes
empezarán a parecer *una sola*
imagen *animada*.

¡No se olviden de añadir sus propios
efectos sonoros especiales!

AQUÍ MANO IZQUIERDA

EL ROMPEHUESOS GERIÁTRICO

AQUÍ PULGAR DERECHO

AQUÍ
ÍNDICE
DERECHO

EL ROMPEHUESOS GERIÁTRICO

FLIPORAMA 4

(páginas 147 y 149)

Acuérdense de agitar *sólo* la página 147.
Mientras lo hacen, asegúrense de que
pueden ver la ilustración de la página 147
y la de la página 149.
Si lo hacen deprisa, las dos imágenes
empezarán a parecer *una sola*
imagen *animada*.

¡No se olviden de añadir sus propios
efectos sonoros especiales!

AQUÍ MANO IZQUIERDA

TOMA GARROTA EN LA COCOROTA

AQUÍ PULGAR DERECHO

AQUÍ
ÍNDICE
DERECHO

TOMA GARROTA EN LA COCOROTA

FLIPORAMA 5

(páginas 151 y 153)

Acuérdense de agitar *sólo* la página 151.
Mientras lo hacen, asegúrense de que
pueden ver la ilustración de la página 151
y la de la página 153.
Si lo hacen deprisa, las dos imágenes
empezarán a parecer *una sola*
imagen *animada*.

¡No se olviden de añadir sus propios
efectos sonoros especiales!

AQUÍ MANO IZQUIERDA

GOLPE DIRECTO CON EL ANDADOR

AQUÍ
PULGAR
DERECHO

AQUÍ
ÍNDICE
DERECHO

GOLPE DIRECTO CON EL ANDADOR

CAPÍTULO 26

¡A ENCOGER!

—¿Sabes qué? —dijo Jorge—. Creo que ya sé lo que pasó con el Jugo Superpoderoso que desapareció hace un rato.

—¿Ah, sí? —dijo Jorge el Malo—. ¡Pues lo que no te imaginas es ESTO! ¡Con que apretemos UN SOLO BOTÓN de esta máquina encogedora, los transformaremos a todos en camarones enanos!

—¡Pues adelante, aprieta el botón! —se rió Berto—. ¡Lo estás sujetando al revés, así que se encogerán ustedes mismos!

—¿Ah, sí? —dijo Berto el Malo—. ¡Pues oye, muchas gracias!

Y dio la vuelta al Cerdoencogetrón 2000 y apretó el botón.

ZAP!

Y él y su compinche quedaron reducidos al tamaño de dos papas fritas.

—¡Eh! —gritó Mini-Jorge el Malo—. ¿Qué ha pasado?

—¡Huy! —dijo Berto—. Creo que me he equivocado. En realidad, la primera vez lo estabas sujetando BIEN. Lo siento.

—¿Sabes qué? ¡Creo que conozco a dos niños muy pequeñitos que se merecen una buena paliza! —exclamó Jorge.

CAPÍTULO 27

CAPÍTULO DE INCREÍBLE VIOLENCIA GRÁFICA, 3A PARTE (EN FLIPORAMA™)

FELIZ DÍA DE ACCIÓN DE DEDOS

AQUÍ
PULGAR
DERECHO

AQUÍ
ÍNDICE
DERECHO

FELIZ DÍA DE ACCIÓN DE DEDOS

CAPÍTULO 28
PARA REMATAR

—Bueno, parece que nuestra misión acaba aquí —dijo Calzonazos Junior.

—Pues sí, mi fortachón —contestó la Bisa Pololos, entre risitas de regocijo.

Jorge y Berto se miraron horrorizados.

—¿Sabes una cosa, hermosa dama? —dijo Calzonazos Junior—. Por ahí cerca debe de estar esperándonos un restaurante de los de "come todo lo que quieras" con su Oferta Especial para Madrugadores de la Tercera Edad que no va a aprovechar nadie.

—¡Muy bien, pues vamos a buscarlo, mi amorcito! —dijo la Bisa Pololos, mientras besaba apasionadamente el fofo y mantecoso cuello de su compañero.

La escena que siguió podría describirse como los cinco minutos de besuqueo más babosos de la historia de los libros para niños. Las dentaduras postizas gorgoteaban, palpitaban las arrugas y las gomosas barbillas chirriaban, se entrelazaban y se estremecían gelatinosamente.

Y, mientras los Vengadores Artríticos desaparecían por el horizonte, Jorge y Berto decidieron intentar con TODAS sus fuerzas no pensar en la repelente situación de la que acababan de ser testigos.

—Vamos. Tenemos que rematar esta historia —dijo Jorge—. Lo primero es deshipnotizar y encoger a Chuli.

—Y después habrá que regresar a ese Inodoro Morado demencial y devolver a estos engendros a su universo alternativo —comentó Berto.

CAPÍTULO 29

EN RESUMIDAS CUENTAS

¡ZAP!

CAPÍTULO 30

EN RESUMIDÍSIMAS CUENTAS

¡PAF!

CAPÍTULO 31

EL CAPÍTULO DONDE NUNCA PASA NADA MALO

—¡Bueno! Parece que la cosa ha salido muy bien —dijo Berto—. Chuli ha recuperado su tamaño y su personalidad normales, y la pandilla de Engendros del Inodoro Morado está otra vez en su propia realidad, donde ya no podrá molestarnos más. ¡Creo que todo ha salido perfectamente!

—Eso es: muy bien todo —dijo Jorge con gesto un poco irritado—. ¿Pero por qué tienes que decir ese tipo de cosas?

—¿Qué tipo de cosas? —preguntó Berto.

—¿Es que no te has fijado en nuestras historias? —preguntó Jorge—. Cada vez que alguien dice algo así, está a punto de ocurrir un montón de desastres.

—Pero ¿qué es lo que puede salir mal ahora? —preguntó Berto.

—¡QUIETOS AHÍ! —dijo el Jefe de Policía—. Muchachos, quedan detenidos por robar el Banco Polanco. Por lo visto, tendrán que pasar el resto de sus vidas en la cárcel.

—¿No te lo decía yo? —dijo Jorge—. ¡Tienes que dejar de decir todo eso!

—Me temo que tienes razón —dijo Berto—. Pero, al menos, las cosas ya no pueden ponerse peor.

—¡Nooooo! —aulló Jorge—. ¡Lo has hecho otra vez! ¡Apuesto a que ahora, en cuanto pases la página, va a suceder algo todavía peor! ¡Tienes que aprender a tener la boca cerrada al final de estos libros!

—Ya, pero ¿qué puede ser peor que pasar el resto de nuestras vidas en la cárcel?

CAPÍTULO 32

LO ÚNICO QUE PODÍA SER PEOR QUE PASAR EL RESTO DE SUS VIDAS EN LA CÁRCEL

De pronto, no se sabe de dónde, surgió una relampagueante bola azul que creció y creció hasta que estalló con un destello cegador.

Y allí mismo, justo en el lugar donde había estallado la bola luminosa, aparecieron unos gigantescos y humeantes pantalones robóticos.

—Esto no puede ser nada bueno —murmuró Jorge.

Un cierre empezó a bajar y a mostrar una pequeña abertura en los pantalones robóticos. Y por él asomó una cara espantosamente familiar.

—¡Eh! ¡Es el profesor Pipicaca! —gritó Berto.

Los policías se echaron a reír.

—¡No se RÍAN! —aulló el hombrecillo que asomaba por la abertura, ahora gigantesca—. Mi nombre ya no es profesor Pipicaca. ¡Lo he cambiado por Cocoliso Cacapipi!

Los policías se rieron aún más.

—¡Y traigo una sorpresa especial para todo el que piense que mi nuevo nombre es ridículo! —dijo el furibundo profesor.

Y a continuación, los pantalones metálicos se abrieron por arriba y un gigantesco cañón de láser surgió de sus robóticas profundidades.

Un deslumbrante chorro de energía envolvió a los joviales policías, que quedaron convertidos al momento en estatuas congeladas.

—¡Mi Supercongelotrón 4000 se ocupará de todo aquel que se cruce en mi camino! —dijo Cocoliso—. Y ahora —continuó con una sonrisa diabólica—, ¡ha llegado la hora de mi venganza!

—¡AY, MADRE! —gritó Jorge.
—¡YA ESTAMOS OTRA VEZ! —gritó Berto.